兒童理財 啟蒙故事❷

小兔子賣果汁　賺取金錢

真果果 編著

新雅文化事業有限公司
www.sunya.com.hk

兒童理財啟蒙故事 2
小兔子賣果汁（賺取金錢）

編　　著：真果果
繪　　畫：心傳奇工作室 逗鴨
責任編輯：胡頌茵
美術設計：劉麗萍
出　　版：新雅文化事業有限公司
　　　　　香港英皇道499號北角工業大廈18樓
　　　　　電話：（852）2138 7998
　　　　　傳真：（852）2597 4003
　　　　　網址：http://www.sunya.com.hk
　　　　　電郵：marketing@sunya.com.hk
發　　行：香港聯合書刊物流有限公司
　　　　　香港荃灣德士古道220-248號荃灣工業中心16樓
　　　　　電話：（852）2150 2100
　　　　　傳真：（852）2407 3062
　　　　　電郵：info@suplogistics.com.hk
印　　刷：中華商務彩色印刷有限公司
　　　　　香港新界大埔汀麗路36號
版　　次：二〇二二年四月初版
　　　　　二〇二四年四月第二次印刷

ISBN : 978-962-08-7978-4
© 2022 Sun Ya Publications (HK) Ltd.
18/F, North Point Industrial Building, 499 King's Road, Hong Kong
Published in Hong Kong SAR, China
Printed in China

雪兔姐姐就要上小學了！接到入學通知書，兔子一家都很開心，兔媽媽和兔爸爸開始為孩子上學做準備。

兔媽媽給雪兔姐姐準備了一個黃色
書包。可是，雪兔姐姐覺得這個書包不
夠好看，她很想要一個粉紅色的書包。

　　雪兔姐姐去果果鎮逛了幾家商店，終於在一家店裏找到了自己喜歡的書包！那是一個漂亮的粉紅色書包，它有一個精緻的黃色蝴蝶結和結實的背帶。但是，當她看到新書包的價錢時，不禁深深地吸了口氣：新書包要 100 元，而她只有 2 元兔子幣。

雪兔姐姐沒有足夠的金錢，只能向爸爸媽媽求助。

「媽媽，我想要 100 元買一個新書包。」雪兔姐姐向兔媽媽提出請求。

兔媽媽溫柔地說：「你已經有一個新書包了，不是嗎？」

「爸爸，你可以給我 100 元買一個新書包嗎？」雪兔姐姐又去問兔爸爸。

兔爸爸對雪兔姐姐眨眨眼睛，說：「如果你很想要，不如自己想想辦法吧！」

晚上，雪兔姐姐跟風兔弟弟和花兔妹妹商量。

風兔弟弟想出了一個好主意，說：「錢不就是有數字的金幣嗎？我們自己做一些不就行啦！」

這是個好主意！可是，哪裏有金幣呢？風兔弟弟環顧房間，盯上了花兔妹妹的一罐金幣巧克力。

花兔妹妹儘管捨不得，但仍慷慨地把所有金幣巧克力都倒了出來。然後，大家有的剪，有的貼，有的寫，一起做金幣。

第二天一早，小兔子們急急忙忙趕到了果果鎮上的商店。

小兔子們拿出了滿滿一罐金幣巧克力。雪兔姐姐上前清了清嗓子，說：「老闆，請給我這個粉紅色書包！」

店主山羊爺爺戴上老花眼鏡，看看那些寫滿數字的金幣巧克力，又看看小兔子們，疑惑地問：「孩子們，這是什麼啊？」

「這是錢啊，很多很多錢！」雪兔姐姐驕傲地說。

山羊爺爺笑了：「孩子們，錢可不是自己做出來的。你們還是去拿真正的錢來買吧！」

「那錢是怎麼來的呢？」雪兔姐姐悶悶不樂地說。

風兔弟弟說：「爸爸種胡蘿蔔，賣給蔬菜店賺錢；媽媽畫插畫、寫故事，賣給出版社賺錢。爸爸說，努力工作就能賺錢。」

花兔妹妹憂心地問：「我們能做什麼工作來賺錢呢？」

「我可以去撿一些小胡蘿蔔賣給蔬菜店。」雪兔姐姐說。

「我可以去採摘一些藍莓賣給水果店。」風兔弟弟說。

「那我就去採摘一些漂亮的野花賣給花店。」花兔妹妹開心地跳起來。

孩子，你的胡蘿蔔太小了。

小兔子們興沖沖地分頭行動了。可是，他們最後一分錢都沒賺到。

　　大家都被拒絕了，未能把東西賣出。

　　「原來賺錢這麼難啊！」他們一起歎了口氣。

孩子，你的野花不夠漂亮。

孩子，你的藍莓不夠多。

　　小兔子們垂頭喪氣地在市場上閒逛。在熱鬧的市場上，有
賣蔬菜的、賣水果的、賣冷飲的，大家都在努力工作。走著走
著，雪兔姐姐發現市場上一根胡蘿蔔賣 1 元，但是把兩根價值
2 元的胡蘿蔔榨成一瓶胡蘿蔔汁，就能賣 5 元！

「不如，我們也試試把胡蘿蔔和藍莓榨成蔬果汁來賣吧！」雪兔姐姐提議說。

回到家裏，小兔子們馬上準備賣蔬果汁的工作。

雪兔姐姐跟媽媽借了家裏的榨汁機，風兔弟弟收集了家裏所有的杯子，花兔妹妹負責把小胡蘿蔔和藍莓洗乾淨。很快，一切準備就緒了。

在哪裏擺賣才好呢？就在家門前吧！

小兔子們決定在家門前的草地放了張小桌子，鋪上漂亮的格子桌布，把胡蘿蔔、藍莓、榨汁機和杯子都擺上去——果汁店開張了！

首先，抱着寶寶的袋鼠阿姨走過來，小兔子們滿懷希望地看着袋鼠阿姨，可是她並沒有停住腳步，只是看了他們一眼，就抱着寶寶走遠了。

接着，馴鹿叔叔背着大大的旅行背包走過來，小兔子們又眼巴巴地看着叔叔，但他看也沒看他們，徑直走過去了。

花兔妹妹疑惑地問：「難道大家都不想喝我們的蔬果汁嗎？」小兔子們你看看我，我看看你，想不明白。

雪兔姐姐看看他們的攤位，心裏想：呀！沒有價錢牌，沒有告示牌，大家哪會知道我們在賣蔬果汁呢？

　　於是，小兔子們趕快找來一塊大大的木牌，用彩筆寫上：「鮮榨蔬果汁 5 元！」做成大大的告示牌豎在桌子旁。

　　告示牌起了作用，不一會兒，一位爺爺來買了一杯胡蘿蔔汁；又過了一會兒，一位小朋友來買了一杯藍莓汁。可是，直到太陽落山，他們只賣出了兩杯蔬果汁，一共收到了 10 元。

　　雪兔姐姐說：「為什麼買蔬果汁的顧客這麼少呢？」

　　風兔弟弟嘀咕了一句：「這個路段平日也不熱鬧的！」

21

第二天一早，小兔子們決定去熱鬧的果果鎮擺賣果汁。他們向兔爸爸借了一輛小推車，把昨天的用具和蔬果材料裝上了小推車，一起推到市場去。

他們走到了運動場，運動場上很多人在跑步、打球、鍛煉身體，雪兔姐姐說：「這裏好，最適合賣果汁！」

於是，他們擺好桌子，豎起告示牌。不一會兒就有幾個滿頭大汗的哥哥跑過來買蔬果汁。孩子們手忙腳亂，榨汁、收錢、洗杯子，很快大家都來排隊買果汁了！

音樂遊戲

鮮榨蔬果汁
5
元

24

這時，花兔妹妹對雪兔姐姐說：「我們的胡蘿蔔和藍莓剩下不多了，現在上山去採摘也來不及了。」

雪兔姐姐想了想，說：「那就去菜市場買吧！我們現在已經賺到一些錢了。」

風兔弟弟負責採購蔬果這個重要任務。他多次跑去菜市場，不僅買了胡蘿蔔和藍莓，還買了橙、梨、青瓜。他們的果汁種類越來越多，滿足了不同顧客的需求，排隊的顧客更多了。

一天終於結束了，儘管小兔子們非常累，他們還是馬上結算：扣除買水果蔬菜的錢後，他們賺了 76 元。

這時，兔媽媽和兔爸爸來找小兔子們了。

小兔子們知道仍未賺夠 100 元時，大家都失望得快要哭了。

「孩子們，賺錢哪有那麼容易？你們已經很棒了！」爸爸微笑着說。

「所以，爸爸媽媽決定，為你們補貼買書包的錢。」媽媽宣布。

「太好了！」小兔子們歡呼起來。

隔天，雪兔姐姐帶着弟弟妹妹去買書包。

當雪兔姐姐把 100 元交給山羊爺爺的時候，風兔弟弟和花兔妹妹都感到很驕傲，因為他們也付出不了少功勞呢！

雪兔姐姐把粉紅色的書包背在肩上，明天，她就要正式成為小學生了，她很期待校園生活呢！

① 為什麼我們自己做的錢不能用來買東西？

　　錢幣是指人們用來支付買賣的貨幣，只有獲得政府授權的銀行才能印刷紙幣和鑄造硬幣，他們發行的貨幣代表着特定的價值。我們不能自行製作或是模仿複製錢幣來支付買賣的，那是違法的行為。

　　世界上最早的紙幣是中國北宋初年發行於成都的「交子」。交子剛出現的時候，並不像現在的錢幣一樣可以隨意購買商品，那是一種由私人錢莊發行的，只在小範圍內使用的存款單。它就像現今人們把錢存進銀行後，銀行所發出的存摺。後來，人們發現這樣的紙幣重量輕，攜帶方便，可以標注很大面額，於是漸漸普及起來。

② 我們如何分辨紙幣的真偽？

紙幣所用紙張並不是普通的紙張，而是特製的。現今有不少地方的紙幣紙張是混合了一些特別的物料，例如塑膠鈔，令紙幣更堅韌、耐用，減少損壞。

隨着科技的發展，現今的紙幣加入了不少防偽特徵以幫助人們分辨紙幣的真偽。例如，你可以看看紙幣右上角有沒有變色圖案和滾動波紋，照照紙幣有沒有內藏一條金屬線和水印。你也可以用手指摸摸看，紙上有沒有凹凸的手感。這些紙幣的特徵都是為了防止有人偽造紙幣。

③ 為什麼故事裏只賣 2 元的胡蘿蔔，榨汁後就能賣 5 元呢？

因為榨汁的過程是對胡蘿蔔進行加工。在生產過程中，除了人力勞動，還會用上不同的用具、設備和電力，這些也都需要納入到物品的製作成本之中。

成本就是指製作一件物品所需付出的價值。例如，在故事中，小兔子們借來的榨汁機，其實也是兔媽媽付錢買來的，所以也是成本的一部分。後來，風兔弟弟從市場上買水果蔬菜的費用當然也要計算在成本內。所以，看起來 2 元的胡蘿蔔，只需要通過榨汁就可以賣 5 元，其實這當中也花費了不少金錢，成本計算一點兒都不簡單呢。